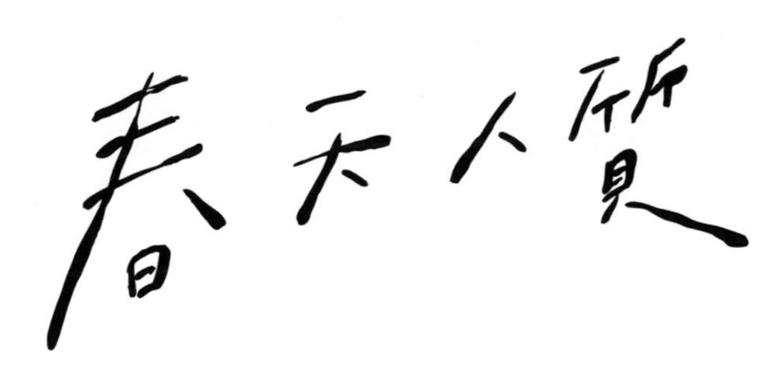

劉曉頤 著

【總序】台灣詩學吹鼓吹詩人叢書出版緣起

蘇紹連

「台灣詩學季刊雜誌社」創辦於一九九二年十二月六日，這是台灣詩壇上一個歷史性的日子，這個日子開啟了台灣詩學時代的來臨。《台灣詩學季刊》在前後任社長向明和李瑞騰的帶領下，經歷了兩位主編白靈、蕭蕭，至二〇〇二年改版為《台灣詩學學刊》，由鄭慧如主編，以學術論文為主，附刊詩作。二〇〇三年六月十一日設立「吹鼓吹詩論壇」網站，從此，一個大型的詩論壇終於在台灣誕生了。二〇〇五年九月增加《台灣詩學・吹鼓吹詩論壇》刊物，由蘇紹連主編。《台灣詩學》以雙刊物形態創詩壇之舉，同時出版學術面的評論詩學，及以詩創作為主的刊物。

「吹鼓吹詩論壇」網站定位為新世代新勢力的網路詩社群，並以「詩腸鼓吹，吹響詩號，鼓動詩潮」十二字為論壇主旨，典出自於唐朝・馮贄《雲仙雜記・二、俗耳針砭，詩腸鼓吹》：「戴顒春日攜雙柑斗酒，人問何之，曰：『往聽黃鸝聲，此俗耳針砭，詩腸鼓吹，汝知之乎？』」因黃鸝之聲悅耳動聽，可以發人清思，激發詩興，詩興的激發必須砭去俗思，代以雅興。論壇的名稱「吹鼓吹」三字響亮，而且論壇主旨旗幟鮮明，立即驚動了網路詩界。

「吹鼓吹詩論壇」網站在台灣網路執詩界牛耳是不爭的事實，詩的創作者或讀者們競相加入論壇為會員，除於論壇發表詩作、賞評回覆外，更有擔任版主者參與論壇版務的工作，一起推動論壇的輪子，繼續邁向更為寬廣的網路詩創作及交流場域。在這之中，有許多潛質優異的詩人逐漸浮現出來，他們的詩作散發耀眼的光芒，深受詩壇前輩們的矚目，諸如鯨向海、楊佳嫻、林德俊、陳思嫻、李長青、羅浩原、然靈、阿米、陳牧宏、羅毓嘉、林禹瑄……等人，都曾是「吹鼓吹詩論壇」的版主，他們現今已是能獨當一面的新世代頂尖詩人。

「吹鼓吹詩論壇」網站除了提供像是詩壇的「星光大道」或「超級偶像」發表平台，讓許多新人展現詩藝外，還把優秀詩作集結為「年度論壇詩選」於平面媒體刊登，以此留下珍貴的網路詩歷史資料。二〇〇九年起，更進一步訂立「台灣詩學吹鼓吹詩人叢書」方案，鼓勵在「吹鼓吹詩論壇」創作優異的詩人，出版其個人詩集，期與「台灣詩學」的宗旨「挖深織廣，詩寫台灣經驗；剖情析采，論說現代詩學」站在同一高度，留下創作的成果。此一方案幸得「秀威資訊科技有限公司」應允，而得以實現。今後，「台灣詩學季刊雜誌社」將戮力於此項方案的進行，每半年甄選一至三位台灣最優秀的新世代詩人出版詩集，以細水長流的方式，三年、五年，甚至十年之後，這套「詩人叢書」累計無數本詩集，將是台灣詩壇在二十一世紀中一套堅強而整齊的詩人叢書，也將見證台灣詩史上這段期間新世代詩人的成長及詩風的建立。

若此，我們的詩壇必然能夠再創現代詩的盛唐時代！讓我們殷切期待吧。

二〇一四年一月修訂

【推薦序】螺旋型的詩路・螺旋型的詩想

——初讀劉曉頤《春天人質》

明道大學人文學院院長　蕭蕭

詩的語言是一種螺旋式的語言（Spiral Language），從不奢談捷運式一路直達的表現方式。

一般認為西方的語言趨近於直達式的單刀直入、開門見山、一針見血，適合用在科學的精確表達、法律的精準刻度，相對於此，東方式的語言則屬於螺旋式的語言，委婉曲折，含蓄而綽有餘裕，貼合詩意要求。

當然，這種東西二分法的截裁式判斷，不一定合宜，但就大多數的詩歌表達而言，不論東方或西方詩作，詩的語言大多採用螺旋式的語言，或許能為大家所認可。就以我正在閱讀的劉曉頤《春天人質》為例，詩人說：「春天未到／人們預先成為彼此手腕內側／流質的滴淚形胎記」（劉曉頤〈春天人質〉），暗示著人類共同期望東風拂身、春意降臨，但當春天未到時，不免有著焦急、欲淚的感覺，這種感覺還是先天的、與生俱來的，如胎記附著於肉身表層，但卻又隱晦不清明，藏躲於手腕內側。這種想要卻未能得償的春意（或者說詩意），就是靠著這種螺旋式的語言，緩緩旋進。

青少年的教材中有一種螺旋式課程（Spiral Curriculum），是指著教材的設計，由具體而抽象，從簡單趨向複雜，由肢體、實作漸漸傾向符號表徵，以眾多殊相歸納出共相，累進式的學習，漸進式的循序加深加廣，其實就是一種正確的學習方式。將這種觀念帶進詩歌的寫作：「你是趨光的窗扉／予我以強壯傾訴的能力／百感交集的晚櫻草，困窘中美麗」；「你是我流離的語境／微弱的光足夠我們／相信，漆黑中，深切擁抱的可能」（劉曉頤〈握住灰燼〉），以這兩段詩加以比較，實存的「晚櫻草」與抽象的「流離的語境」，相互激盪，得出「餘溫」的幸福感。晚櫻草又名月見草，學名Evening Primros，屬柳葉菜科，從其得名可以知道，這是一種夜晚見月時特別美麗的植物，但詩中的我在窗扉之內，難得見光，所幸你是趨光的窗扉，給予我趨近、傾訴的能量，晚櫻草的我終能在困窘中美麗。「流離的語境」是「光」的不穩定徵象，但即使微弱、不穩定，卻能讓我們相信：深切擁抱的可能。如此，回頭再去細細品味前面幾段「玻璃瓶中的黃昏」、「側臉抹過火焰」、「夜的火盆」、「滿蘊故事的蜂巢」等意象的呼應，就容易得出「握住灰燼」的「餘溫幸福感」。

生活常識認知中，釘子（Nail）與螺絲（Screw）的觀察，其實也可以很準確地移轉為詩觀的思考。

在漢字系統裡，「釘」的原貌就是「丁」字，甲骨文、金文、小篆所顯示的字形，都在告訴我們，這是一個典型的象形字，它的材質可能是黏土、木材、竹子或骨頭、石頭，慢慢發展出鐵或鋼，所以選用了「金」為部首。釘子的發明應該是先民觀察大自然中植物的尖刺而獲得的靈感，尖針的結構所期望的是尖頭越尖，扎入的可能性越高，其後的尖身越粗才能有更高的負荷力，這種矛盾，反方向的作用力，就是釘子之所以為釘子的存在價值。這一點，基本上就已啟發詩人的選材與詩路的思考。

釘子要成為一隻有用的釘子，必須依賴一顆石頭，後來發展為榔頭、鐵鎚等外來力量的捶打。漢字的「丁」，英文的「T」，第一橫所在的位置就是接受捶擊的所在，好像一個「盾」牌，面度要廣，接受打擊的忍耐力要大；豎畫最下方的尖端就是攻擊外物、侵入外物，藉此產生力量的點，最像尖銳的「矛」。所以釘子本身就是一個既「矛」且「盾」的組合，藉由外在的力量，通過本身的痛苦，加諸於他人、他物一種永遠的刺擊。但外在的力量是剎那的撞擊，他人、他物所受的刺擊卻是永遠的存在。

釘子的使用過程，人類發現：捶打釘子的力量越大，釘子越能深入，但相對的，釘子搖晃出的孔洞也越大，釘子其實更容易鬆脫，如何解決這個問題，人類的文創頭腦發明了螺絲（螺絲釘、螺釘），仍然維持釘子的圓柱體造型，卻在圓柱形的表面刻上凹凸分明的螺紋，而且以「S」形的傾斜面挺進。螺絲的頂部會有一字形、十字形或方形的溝紋，「螺絲起子」嵌進溝紋中旋轉，可以省力而有效的推進螺絲，不必像釘子那樣以蠻力催進，如此形成的固著力、負荷力，大大勝過釘子。有趣的是，以「螺絲起子」正向推進，可以使鬆脫的螺絲重新嵌緊，回復或增強螺絲的功能；如果反向倒退，可以移除螺絲，重新選擇更恰當的地方。這種修復錯誤的作用遠遠勝過釘子，釘子在捶打的過程刺痛了他物、扭曲了自己，即使退回原位，很少能繼續使用。詩人有鑑於此，委婉曲折的表現方式，當然成為主流。

劉曉頤的《春天人質》處處以螺旋型的螺絲為師，緩緩旋進。譬如寫摯友對她的照顧、犧牲，往往讓她感念、不捨，〈你犧牲使我失眠〉這樣直白的題目，她的首段也直接寫我的失眠、你的犧牲，卻曲折有味：

更漏，聽見沉吟
肋骨第二節降調的
微小和聲
是你緘默為我
把手探進夜的炭盆和碎玻璃
比虛度的真實更熾灼的夢

前三行的更漏與肋骨和聲，正是失眠的寫照，後三行的「你的犧牲」則以手「探進夜的炭盆和碎玻璃」的意象去顯現。其後的第二段更以大篇幅去寫「你的犧牲」：一切為我所做的你的捨棄。末段則以呼應首段的方式，寫犧牲的持續，失眠的持續，令人身有所感，心有所動：

只是不意
犧牲的姿勢如初衷，一側身
就沿下滑的圓月
滴入我最疲渴那日
瀕危的夢境

關於「螺絲」，詩人可能還注意到，螺絲頂部除了一字形、十字形等溝紋，可以讓「螺絲起子」使力之外，工匠還可能直接將螺絲頂部製成六角形，方便用「扳手」去轉動螺絲，轉動容易，可使之力卻更為強大。相反的，有些螺絲釘的頂部是完全剪除的，可以讓螺絲全面沒入物件中，不被發覺，卻依然有著固著、鎖緊的作用。這些附著於「螺絲」的小小創意，詩人也會有所覺察，有所覺悟：

我是你細緻無缺的青色靜脈
尚未也小心別流出的，那滴

溫熱的血。
——雖然流出來也沒有關係
甚至還很好

（〈流血也很好〉末二段）

關於「釘子」，詩人不喜歡那種聲嘶力竭式的吶喊，不喜歡那種刻意的直接的捶打，但如果減少它的體積，小於鐵杵，更容易磨成繡花針，那時，釘子不再是釘子，它成為「針」，「針」的另一端穿個小孔，穿著細線，這時「她」（從中性變為陰性）服務的對象是布料、是皮膚，是穿針引線後的縫合。從植物的「刺」的發現，到人工的「釘」、「針」的改良與發明，錘擊與縫合，都加上了想像與創意，原理原相近，而作用之利更加擴充。所以，有些詩人從尚未迴轉的螺絲釘前，有可能先看到「針」，至少，劉曉頤有這樣的詩篇：

你用一根細絃
承接所有哀傷
再把自己
全身沉浸在一滴
靈魂般巨大的淺藍色眼淚裡
隔著玻璃，看我

（〈你如此懂得了我〉全首）

其實，關於「螺旋型」我最想說的，原來就不是實物，我想說的是一百年的新詩發展史，不就是螺旋式的進程？浪漫主義在五四時代有徐志摩（一八九七－一九三一），二十世紀末期還有胡品清（一九二一－二〇〇六），仔細看劉曉頤的〈浮念〉、〈小小孩〉、〈玫瑰羹〉，是不是還瀰漫著浪漫的氣息？現代主義橫掃臺灣日制時代以降的所有大小詩社，無一倖免，她在羅青（一九四八－）振臂高呼後現代狀況來了，消失了嗎？在《春天人質》裡，我們隨時會遇到〈魔術寫字〉：「所有的字張開毛細孔／長成蜂鳥／疾振翅膀，倒退飛翔／你穿越我的字」這樣的詩句。甚至於學術界不再討論的後現代主義，不是輪番以話語的方式呈現在《春天人質》各輯的詩題上：〈終於祕密的外國語〉、〈沙鷗到手臂上睡〉、〈我們的絕望摩擦生熱〉、〈只不過都甘願了〉。百年來的臺灣新詩發展走的是螺旋型的詩路，不知道哪個轉角又會出現簡易意象，哪個斜坡上又藏著充滿奧義的象徵，哪個候車亭裡又有浪漫的擁抱？劉曉頤的詩集就像詩路一般，充滿著屬於她自己的螺旋型的詩想，轉彎消失，轉彎又起，時而左旋，時而右轉，不會一徑兒浪漫，也不會長久陷在超現實的泥淖裡。

劉曉頤曾經在大學的課堂裡修過我一年的現代詩課程，近年來遇到她總是一副病懨懨的樣子，還寫出一輯「溫柔的病史」。她的詩，屬性溫暖而潮濕，她的人，不識鐵釘與螺絲，當然也不一定認識到詩路的螺旋型發展，但我卻從鐵釘與螺絲的螺旋型紋路去追尋她，期望更多的人因而發現她與當代詩人所存在的異質性，關於詩的異質性。

二〇一六年大暑之日　完稿於台北市

【推薦序】海上的教堂

斑馬線文庫總監　林群盛

M

沿著港口豎立起來的樓房，如鯨魚的脊骨一直延伸到視線的盡頭。海洋的體味直接潑上了藍藻色的遮陽棚，連海鷗的叫聲聽起來都是鹹的。商人用很油膩的音腔說話，一不小心就會沾到路人的衣角，那些沒炸熟的謠言把天空折得更小，更零散，那樣有點疲倦的形狀，看起來像極了紫色，或者紅色，說不出名字的多汁水果們。

T

「其實我想這句話是不容易被注意到的。」

「沒這種事，我就很喜歡。謙卑永遠比想像中難以企及，至少說出來的瞬間就被甩開了吧。」

「其實只是想到閒聊而已。」

「那或許也很好喔。」

「哈哈。最好有那一天哪。」

「一定會有的啊。」

那天很快就來了。港口還是一樣吵雜，來來去去的橡膠長靴纏著魚腥味濃厚的影子，原本似乎是紅磚的路面早被蹂成了蒼灰的鱗片，要在這邊認人應該很麻煩吧。

不過也沒那麼難。彷彿抱著小女兒般，妳抱著一本書。幾乎要是當地少數有溫度的風景了。幾乎。

「一定是沒問題的，」

「當然。」

W

問了海上教堂的事情，水手們露出稍微不耐煩的表情，妳們這些人都是這樣，一聽到風聲就湧過來，我們可是要過生活啊。那個表情好像是這樣說的。

我聳聳肩。也不是第一次了。

海鷗的叫聲聽起來還是很鹹，而且是讓人聽覺曬傷的那種。

看起來會是順風的好天氣。我說。

妳點起了煙，睡眠充足一樣的飽滿煙絲，迅速向著最遠的一尾浪頭，攀爬過去。

T

在海上過了一天，已經看不到港口了。海浪們彼此細膩的模仿著，看不出來誰是誰。妳讀著跟字典等厚的書，好像完全忘記身邊的這些，偶爾刺出雲層的，有著輕薄蜂蜜味的陽光，彈上甲板，玻璃球般滾動的水珠。

夜晚拍著蜂鳥的翅膀，無聲又迅速的靠攏過來。

妳起身，闔上書本，像拍手一樣的聲音。要有光喔，妳說。

聽到妳這樣說，突然想起了冰冰涼涼的，用了幾簇鈷藍色花瓣，還有如琴鍵般清脆的雨水，花了一個夏季與半個秋季編織成的酒。

一口氣喝光一瓶都沒問題。

F

突然聽到貓的叫聲。但船上沒有貓。

妳回到甲板，臨時圍上的絲巾，不知道為什麼沾了幾根過細的白色毛。

還是別問好了。

S

教堂出現在視野內，一開始只是一粒研磨滑潤的沙，在眼角膠著，我揉揉眼，讓沙粒逐漸長出明確的雕紋，小小的塔尖像鹿角驕傲的挺出，那些妳默背過的名字們一排一排的，是鹽白的雕像。

牛奶色的羽毛飄下。

隱隱約約，有誰闔上了厚重的書本，聽起來是雙梳理過彩虹，也揉捏過泥土的手。

要有光呢，我這次搶先說了。

「謝謝。」

「謝謝謝謝。」

S

沿著港口豎立起來的樓房，如鯨魚的脊骨一直延伸到視線的尾端。海洋的體香縝密地鋪上檸檬色的遮陽棚，海鷗的叫聲嚐起來是冬季後的鹽味。商人以油脂豐潤的音腔交談，連外來的學者都忍不住停下腳步嗅著。海上教堂的傳聞在酒館不斷續杯，星空緩緩收回遠方山頂的雪花。我對著妳用力的拍了一下手，剛好是，即將到來的下一個季節的，第一個銀色清晨從海平面躍起的瞬間。

【名家好評推薦】

劉曉頤的詩句，承繼著美好的抒情，在摯情中有沉鬱繁複的節拍，在語句漫步中又不時遇見蹦跳如小動物的意象；她在文字中面對自己，「安靜捧一杯玄米茶／一起看雪，成為雪」，讓憂鬱透出晶澤，然而有時是明快的，「我在雨前／忍住自己／那樣的輕，而已／霧氣漫漶寫字的小閣／每個方位都有你流浪的名字」，為了詩，她追尋、她實驗，在心的座標上圈出一個最好的方位。

——詩人　李進文

沿著春園，來到言語的邊境，曉頤的文字，一如她曾借題、改寫村上春樹的一句，「終於祕密的外國語」，詩是她的異國，含苞待放著情感的祕語。讀著《春天人質》，時而令人感到像凝望秀拉的點描畫，在畫布的面前，每個詞語閃耀獨自的光澤，走離遠一些些，又顯其豐饒全幅的景緻。春天，是曉頤的關鍵詞，所有的和解都在此煦暖的季節裡達成，所有情之病者愛的人質，都將為春天的詩句所釋。

——作家　李時雍

她的目錄是遼闊的詩
她的詩作是窄窄的目錄
她認領匕首
她的地下道繫著天使的鈴鐺
她有一部眼淚史
她在櫻桃夜煮貝殼麵與玫瑰羹
我看到混合著盛世與末世的挑眉刀
——詩人劉曉頤

——印刻出版社總編輯　初安民

神話氣息的抒情女聲，夢境一般的療癒之語。微甜明亮的時尚感，貼地飛行的生活感，這是一部多感的詩，讀著讀著，你當為它入迷。

——詩人　林德俊

劉曉頤的詩作裡盈溢著春天、溫柔、光明、雨霧……，舒緩的語氣、靜謐單純的文字，讓世界彷彿透著光。即便書寫痛楚與傷害，仍然保有潔淨與溫暖，詩人用語言守護著信仰，也重新印證了她所信仰的事物。

——詩人　凌性傑

如果有一座隱密處守護恆久的春天，那裡必定是曉頤用詩句築起來的祕境。她的文字中常見色彩、氣味、溫度的細膩變化，以童話的眼光熟稔地處理黑暗與死亡的威脅。如〈無懼於乞討〉詩中，「破舊的星辰是一再補上的鋼釘／漸漸我無懼於／向已逝伸手乞討／也即將／無懼於折損」詩人用生命的折損一再反照出幽暗而綺麗的光芒，打造心靈的藏身之處。

——詩人 夏夏

曉頤的詩是后妃寵愛的貓。趨光，趨向愛。喜歡異質與魔幻，喜歡挑動神話與童話的敏感神經，以及矇矓春意中偶而展開的樹林與天空。

——詩人 喜菡

劉曉頤的詩好像穿花撥霧，光在字間跳躍，好像舊昔的、沒有被現代經驗所創傷、殘缺的、濡潤、繽紛、氣味充滿的感性。良辰美景奈何天，賞心悅事誰家院，在她的香草籽、蜂鳥、軟木塞、貓薄荷，像塞尚的畫，復現一座去年在馬倫巴的懷念之城，躑躅之城，惘然之城，光淋濕童話之城。

我們活在暴雨中景物如沙雕的瞬生瞬滅時代，劉曉頤的這些詩，讓人安靜、溫暖，好像每一顆字都是保護膜，愛與記憶雨林的生態系，好像，即使世界滅絕了，她的詩，仍會守護著那些「最透明也最曲折的時刻」。

——小說家　駱以軍

曉頤的外表給人可愛、溫柔的感覺。讀了她的詩，卻發現她不僅僅是溫柔的解語花、更是風雨不摧的鏗鏘玫瑰。女性的堅韌、包容、帶著含淚的母愛情懷，在曉頤的詩中，表現出不俗的形塑意識，我非常喜歡她這一本詩集。

——詩人　顏艾琳

獨來獨往的文字，其實是一隻懂雨的貓。雖然作者選擇了弔詭的量詞，可是，我們都是春天的人質，都需要被她解構。於是，當我們折損，失眠，蜂巢進退失據，甜蜜不被發現；外星人來了，數丟的羊群來了，我們仍然活得很好。

——詩人　嚴忠政

「微小而堅定。你說，要有光／於是斟入海洋的氧氣」，這是曉頤的詩句，也是曉頤為生命注入的光，深藍憂鬱底微小而堅定的溫柔，更是翻開曉頤詩集紛紛透出的漁火。是要捕捉什麼，所以燃燒海面，網裡不見得魚，有月光，有夢，還有漂流許久的瓶中信，遠方早已廢棄的一段枕木。

——詩人　顧蕙倩

（以上順序照姓氏筆畫）

目次

輯二 夜光核中的眼睛

輯四　我不走了

輯一
握住灰燼

春天人質

春天未到
人們預先成為彼此手腕內側
流質的滴淚形胎記

背光描圖紙下的圓點
祕密盛放的流蘇回文
足以開到地老天荒的白苦橙

我們傾倒於交換各式顏色和聲音
黃色賦格，櫻草色嘛唇哨
竊喜於可能即將被挾持

髮尾掃過幾粒甜屈奇餅味雀斑
交換指甲像交換眼淚

忘記為窗口那株渴紫藤澆水
可是它們
活得很好

傳說的末日列車
鳴笛響了
等了又等
遲遲未駛

隱身穿越天使的腹語
海的血緣，橋的絲絃
回到凜風中街頭藝人的手風琴張弛

—

春天以前
我們還是可以睡得很暖活得很好
像裂瓷的細膜遇到手

我們可以活得很好
包括一顆微不足道的香草籽
包括花粉，或灰燼

握住灰燼

軟木塞海上漂流
一朵白玫瑰
為了看清玻璃瓶中的黃昏
側臉抹過火焰

把手探進夜的火盆
像撫摸一只滿蘊故事的蜂巢
你說握住灰燼的人是幸福的
敲開自己的護殼
跌倒。黎明將屆

我們之間充滿雪的解釋
誤讀的歧惑
卻都常夢到牧場
都被綿羊的形狀感動

你是趨光的窗扉
予我以強壯傾訴的能力
百感交集的晚櫻草，困窘中美麗

你是我流離的語境
微弱的光足夠我們
相信，漆黑中，深切擁抱的可能

魔術寫字

因為蜉蝣一生只存在兩次天色
因為羊蕨葉須臾的反光
狼煙般快地
寫字

為了留住一場短春雷
像提琴刮傷的身體，哀愁的小腹
我們相繼
凹成弓弧的姿勢
寫字

灑著小雨點的甜蜜雀斑
懸浮幾粒微塵的琴面
那麼粗暴的雲朵
傲慢的烤布蕾

不甘成為揪心的破折號
跋涉一個又一個
艱楚的字
最後走到森林最深處
敲碎一組胡陶核中的關鍵字
也許就能找到
咖啡與貓薄荷的鏈結：
關於朝生暮死
最小的孤單，最巨大的側錄

所有的字張開毛細孔
長成蜂鳥
疾振翅膀，倒退飛翔
你穿越我的字

眼瞼下的死

只要小小的眼瞼
輕輕閉上
你就不再是割裂我的視線
有什麼正在死去
但沒有送葬儀式
我們不需要，不用說再見了
只要小小的眼瞼分隔
整個世界退為隕落的太陽
你可以不驚動任何人地，死去

只要眼瞼下還躺著一抽小小的脈動
例如蛹的心臟，月芽的耽溺
你就能夠擁有完整的黑暗

你在黑暗中抱膝而坐的樣子像天使
每個慢動作是雨水的韻腳
帶點梨子酒味道
髮漩有我用手指確認過的記憶
一切趨近完美
只是少了一隻貓在懷裡

我把這樣的你關起來
從此隔離你記得的
那世界
無所不在的鏡面，窺伺與解構
玻璃上的球架，葡萄藤

你是後印象派，視覺，雪衣
貓是曠日廢時的等

始終貓不懂雨
季節不懂候鳥
你不懂洞穴之於愛與我
我與，眼瞼外的雨
雨不懂你

馬車伕之愛

享樂主義者的理想
可能存在一紋實現的希望
像厚花騰窗簾捲起日月嗎

依然活在十九世紀末的騎士
緩步，走向馬車
愈走近，愈緩慢
某日他突然感覺
戲劇化的動盪並非一個崇高的際遇
赫拉克利特河流不能涉足第二遭了
漂流木已被遺忘，但它攪動年輪
（他感覺到逝去的自由）

馬車伕向他行禮
端詳他
走過來的步伐咬合緩慢的韻律
相信自己重新體認著縫隙之愛
沈默的春天胎記

等到他蜷坐晃動的角落
雙腿舒展，睡著
沒有來日，沒有聽眾
只有模糊的感知：
他找尋幸福的能力是我們唯一的希望

註：化自米蘭．昆德拉小說《緩慢》結局。

無懼於乞討

夜是黑暗的，但它照亮了夜
——讓・德拉克魯瓦

夜色彌合夜色
火種引焚火種
我延著你半盲而酷似沉思的眼睛
蜿蜒卻終究抵達
沒有你的春天廢墟

像彼時我們
隔著附近矮公寓的

輕火災
好整以暇接吻

你掌心，起皺的掌心
輕易覆弄的
是玻璃球還是碑石
麥桿還是
一道不能刺穿的鐵屋

遺址的雜草
終究是綠的
破舊的星辰是一再補上的鋼釘
漸漸我無懼於
向已逝伸手乞討
也即將
無懼於折損

母城的守望

你只是相信
城廓底下連著一汪海
海底有枚螺紋美好的耳朵
正諦聽黑暗
為此甘願放棄飽含雲朵的視覺
甘願做一個盲人

任憑不知名的洋流彈奏你
末梢神經裡的敏感季節
電線杆是你溫柔的手杖
母性寬廣的腹地收容風的拼圖、
雨的刪節

像在豆莢中裸睡和擁抱
任其對折，轉彎或打結
逐次接近著傳說中的奶油月亮

從清濁共治的肉體到安那其
你嚼著土壤的名字
消化白薄荷糖
抽清甜的煙而沒有嗆著
終夜不寐
為了那些沒有鮮花的墓誌
淚行凝成黑鍵
直到守護的巨靈說：
「到我這裡來」

你倒退穿越一百道鎂光燈
穿越邊緣的語境

退後
讓街貓和遊魂都湧過來取暖
任燈火重疊既視印象
水晶體上
粉紅麋鹿群相繼睡著
透過背光的描圖紙
傾盡一場死而復生的完美演出

光淋溼童話

筆梢蘸一點光
像抹些蜂蜜，有勇氣
相信童真可以
在你親愛的指腹紋理之間
夜間滋長出魔幻的花

你說，要有光
頓時迷彩的神情如此接近於
愛。可能夢中偷渡
世紀末小鎮
可能濃稠的顏料一再打翻
你成了繽紛的雪人

溶化之前，背景的粗礪化為
書布上挽留住的
童年與流砂。你說哀矜
而不感傷，眼角滲淚只是
描摹過於炙熱

胸腔小小的角隅發出迴聲
閉上眼睛倒數
童話中的馬車還在路途
但你感覺必須揮筆
因為光淋溼了

光，與父親的疏髮

這裡也許會有童話
異國的遊樂場，到處存在的伴奏
抵達城堡尖端瞬間顫搖
漸弱，青鳥諦視
暮年父親一生的沈默

她諦視旋轉木馬聖潔、盛大的飄浮
泫然於時空的異質感
夏末味道如熟果腐傷

他其實早已疑似不存在的女兒
此刻並肩，以幽靈姿態

而光寬容地傾注
全景曝曬下一切輪廓鮮豔
他們到處存在也到處不存在

光隨處腐朽，委地，再生
隨之不朽，隨處寬容
父親依然沈默
稀疏的褐髮回歸嬰兒蜷睡的潔亮
幻生為軟枝微顫
等待擁抱而
魔幻鬈縮，擰出經年被忽視的
沈默，溼淋淋的魔幻
倘若這是寫實
倘若寫實是愛

疏髮間細碎閃熠的玫瑰霧金
來自記憶廢墟，天使鼻息般
一縷煙下
灰蛾慢速翩飛，尋覓
父親經年守望的夜
一簇暗影，在此
慢慢地停翼
並不自覺
淡淡地
逸入
光

離群索居者的華麗

出走自凌晨 5:09
鈷藍色的月亮身世
徘徊於86巷的鏽髮少女手心正凍
豎緊她木麻黃風衣領口
遠看是一把黑琴的影子

桃紅的啞絃
桑青的感傷主義

她被大而無當的類死亡意念觸發
首度感覺，愈粗糙愈甜蜜
思索純真的黑潮或風格究竟

倨傲抑或無辜
字也無辜，烏鴉也無辜
包括：烏克麗麗
總是躊躇於字詞之間像蜂巢進退失據
不知道如何折返

對於幸福始終不夠
不夠義無反顧
執拗於離群索居者的華麗
晨班列車怕是也追乘不上

無論如何夜的尾鰭的
切分音誕生嬰兒指甲
留下她所羞怯，祕密的產卵：
「我還在這裡。」

終於祕密的外國語

如何斑刻中純粹
寫一行坦然而抒情的答案
很想被了解可是
白色燃點像燒過的雪爐

我們所為之傾倒
各種愛的神態都是噴泉
迷彩四射
不停湧著看不真切
也不像外國語可以翻譯

鎖骨上側凹窩
柔軟適合儲存：祕密
玫瑰磚，乳齒，熟櫻桃
祕密節慶鵝毛紛飛
哎我邊境的語意枝蔓像魔豆

我欲致世界予沈默的憂懣
可是肋骨的花或許
正死於沃土

站著調奶酒慢條斯理
這樣的末日騷動
感覺腹中
海藍南島睡在羊水
外語歌謠裡有嬰兒在笑

註：題名改自村上春樹書名《終於悲哀的外國語》。

繫天使鈴鐺的地下道

繫著天使鈴鐺的地下道
夜闇伸出環抱的姿勢
引誘遠方的溪流
挨近，吻過來，像小小的浪
揣著一滴藍眼淚

為了那些
正在萌芽可是很少
很少人測知的亞熱帶春天跡象
星星紛紛淪陷
街燈下起白薄荷味道的雨
倏忽的明滅間

是誰、又為誰
伺機扔進即將上揚的茉莉尾音？

如果你能察覺
如果我能察覺
也許我們將以體內的雪
期待全世界每一根同時擦亮的火柴
期待那位外藉賣藝者
懶懶走到相同角落
撥奏木吉他

他將左手撫弦，右手撥奏日出
偶有銅板清脆的擲下
甜蜜打暗號
陌生的善意為陰暗補光

悄悄滾過陰溼的地下道
數著階梯，慢下來
和入口的天使鈴鐺會合
密謀春天以前最後一場
感傷的迷你劇

因為春天，我們和解了

你清澈的語言
是祕密生長的綠薄荷
催引山櫻的千手，碧蘿的足踝
凋零起來像愛
落下，回歸
春晨裡嬰兒稀疏胎毛

每個早晨，越過騎樓看見霧
如果霧中還能
看見一隻鳥的虔誠
癢癢地輕啄胸腔
或許可以發現疼痛的幸福

旋轉茉莉酒窩
流蘇舞步滑向
我們最初，睜圓再睜圓
忍不住低音調笑的眼睛
總為捲翹的睫毛分神

都是漣漪，因為春天
我們從彼此髮梢裁下露珠
寫在欲溶的
殷青色詞條，稠了手指
不再感覺污膩
因為春天，我們就和解了

帶一隻長頸鹿去流浪

帶一隻長頸鹿去流浪
足踝的輕也許有了篤厚的重心
墜落如漿果的慾望
在途中，枝椏與泥壤之間
綻出甜度三分的晴天

如果疲累，低頸湊近水與草
笑與吻譜成的歌謠
就窩在暖褐黃毛色的紋理中
順著步履，睡著了

沙鷗到手臂上睡

麵包樹下
我們終究不能躲一場雨
起初只是想要為了那些刪折的
枝節做記號
它們像溶化中的鮮雲酪
消失於童年夕光的高腳杯拖曳

揩抹淚痕同時
擦掉迷彩折射的視覺
沿途黑餅乾屑和奶香
禁不起一陣輕笑鈴鐺的午後迴流

原本我也只是不想感傷太過
也只是想用炭筆
一些鴿灰質地
素描你從容的梨子味髮漩
夢的年輪中
最內裡、形似而靠近心器的波紋

心疼的波紋。我們曾
一起面海
笑著立誓：永遠彼此愛護
手臂舉起，上面安詳躺著
飛倦的沙鷗
瞇著眼
手勢落下
最後一行櫻花俳句
落在我們逗著相連的鼻尖

頃刻間，死過的

有時晴空
也會想念驟雨
天台潮暈適合擁吻
千絲雨光，變奏的音階
心跳中危促愛與死亡的欲望
用一個脫序的下午，安靜交換

相繼丟擲的傘不想再拾起
離別了多久不復記憶
只記得那道傾城
曾佇立一雙古老的靈魂對望
那片刻可能產生

許諾的幻覺，並相信
這世界為我們而偉大

有時想望的也只是
微不足道，而其實與世界無關的
奮不顧身
有時我們憤懣，我們愛
頃刻間或許死過
群鴿依然如此良善

能不能，擁吻而不說話
容許白鳥般的霧從背後倩散
天際晴明得一無所有
沒有一片雲
能孕生雨

劇場照亮劇場

廢墟擁抱廢墟
百年荒置的劇場也有
索雨的手心

你搖動桫羅
餵哺我　一滴水

我的前額終於
滴雨了
好像，我看見星光墜下來
帷幕映出藍紫色煙火
我們牽手

背著一場又一場註定的劇碼
我們曾經奮力押博的劇碼
牽手奔往防空洞
暫忘遠古之前開始的寂寞
好像終於可以躲在世界的豆莢中
裸睡

鏽蝕的古褐指鐘
角隅裡安靜
長針指向曾經狂野的白薔薇
什麼時候
我們都要被雨捲走

劇場照亮劇場
你先是多情的牆垣，後是草
走吧，我們被雨捲走

綿雨灑進童年

也許邊際就是這樣消失的。晨靄中，小女兒的馬尾辮揚一圈跨越細雨的門扉，她鑲光的軟輪廓，消失方式像一齣蒸餾過的水幕劇。

後設派甜瓜的香，咬一口我肩胛圓角敏感帶，惘惘的身體就灌滿風了。龍眼蜜蛋糕早點，吃不完部分，餵食心愛詩集小貓。瘦疼更劇。我想必須帶著我的神經性琴弓身體轉移陣地，必須偎著落地玻璃窗的枕褥，必須相依為命。

可是玻璃窗，從來不足以區隔什麼，愈乾淨，愈透明，反而愈曖昧。

（尤其還淌著滴淚狀小雨。）

也許邊界就是這樣消失的。也許從不存在。無論如何，軟床上我終於乾爽得像稻禾，像烙餅可以翻面。晨夢交接的暗甬，感覺時空雙透明縛線，釋出米色蜉蝣。懸浮。邊境擴張。漲溢。但比貓步更輕透。水管借一點雨水末梢的單音，就能自體撥奏，類似舒伯特的，鱒魚。

我將短眠，並且記得。某日AM 9:45，後露台的綿雨飄灑在我的童年。

輯二

夜光核中的眼睛

你犧牲使我失眠

更漏，聽見沉吟
肋骨第二節降調的
微小和聲
是你緘默為我
把手探進夜的炭盆和碎玻璃
比虛度的真實更熾灼的夢

負火的摯友你磨損的肘心
揉皺我何其不易
用水煙熨燙
平整的意志
像隔著歲寒的無風帶

一回望又煨熱那些
錯落的笑語。你說
早已捨棄了情操你說沒有
生活沒有披肩窗臺沒有摺耳貓探首

只是不意
犧牲的姿勢如初衷，一側身
就沿下滑的圓月
滴入我最疲渴那日
瀕危的夢境

夜光核中的眼睛

她睡著時流瀉的髮是蜜棕色的湖
我拾起她久擱的拆信刀
試圖裁開夜色
指尖還滴著蒸餾過的南風

或許是最透明也最曲折的時刻
遊魂仰著安謐的神情
收斂軟翅
黑鍵上踮足行過生前的巧遇、
來不及的告別，小於祈禱，大於革命
輕如手語而終究
傾倒如城邦

最後終極於街貓的韻腳總在想要注視瞬間匿跡
殘餘的牛奶味道還在，慢慢、
慢慢、捲入蕨葉的脈博
貓很快樂很輕走進
木心的演化
感覺物化練習全然裸露也全然坦蕩

都溫馴了，所有手語皆告疲倦
然而一切的被動
都如此甘願：
慢慢流逝的默劇
帷幕裁開是嬰兒的眼睛

意志堅決的紅豆

末日前夕的
街頭擁抱
淡赭紅謎團是初生的鴿子粉
像一場場卑微的革命
進退失據的蜂巢
悲欣交集

只因眉眼撲朔
一瞥之下
一萬片鴉羽跌落
我們，到後邊去
看日月

好整以暇地淹沒
突然憶起前世說太多話
輕易許諾
沙面上寫太多字

橘紅色洪水傾覆的午睡醒來
發現末日未到
夕暮之前
我又變回意志堅決的紅豆

流血也很好

偶爾你同時夢見
松鼠，踮地的麻雀，長耳兔
矯健彼此挨近，彈開又挨近
像波浪綿密
音樂性的唇

像內部逆向擺動中的唱盤
偶爾也跳針
有時失語，但是想要對著
慵懶於陰天，窩沙發吃萵苣三明治的人
說些俏皮話

如果你
早早便太過清醒
我就是既視感官的矯兔就是看不見的彩色微粒
就是擱在角落厚灰塵裡
古琴上，空掉許久未補
那根瘖啞而
不存在的弦

是你狼狽趕車的時候
深及喉結的
那道渴

如果感覺佐早餐的
牛奶悲哀太哀感了加工制式可是
我
在

「未知生，焉知死」你說
可我非死非虛無非一個字的朝生暮死
不是幻鏡不是野的狼煙

要我說要我說嗎說了你也許稍感安慰但總不免於濫情

。。。。。。

我是你細緻無缺的青色靜脈
尚未也小心別流出的，那滴
溫熱的血。

——雖然流出來也沒有關係
甚至還很好

遊魂都諒解

經常思忖哪個更幸福：
豢養整村落的貓
握住胸口上一顆碎星的溫度

深秋的貓村睡浪中漂著歸來
依然豢養一只碧蘿色貓瞳
後露台水銀缸滿了
太純真的黑像夜窗的眼睛

倒數著舊房間廢置角落
慢鐘體內的沉吟
細如松針的沉吟

直到此刻才聽見清寂的滴答
靜謐是乳杏白月芽壁紙吐息
直角勾勒的凝視
藤蔓和指針
朝相同方位
投以深海般一瞥

所有熟悉的，堅持溫度的遊魂
來到綿線拉緊的地平弦
攜手，歡愉地跳起慢舞
大動作開松子酒
喝起來小口，溫暖，節制
唇緣抿個蘋果彎
寬容你一再立誓後的辜負

所有溫暖的遊魂都還在這裡
瞭解你，離去或歸來
都只是想要健康幸福

光和睡之間

半截臂膀，無意識
滑出棉被
流失在意識滴漏以外的
捨不得
漸漸闔起來
釀到童真的月桂軀體漸漸豐熟
開始稀釋
逆著黑鱗片
駛向天光交軌前三秒
對於儀式始終持以生手的姿勢

夢的象牙梳翻身準備
為自己穿上影子
不小心
卡在鎖骨上的髮絲間
留下嬰兒的齒痕

肌膚上的細絨
突然有了遠方海水的味道
天光他抿嘴笑了

月光色小鹿

我倔強的月光色小鹿
只肯在暗室擁抱
心疼地擁起來像裸肩上溶雪
每次縮小一點點

猶偏著頭，笨拙地藏他蹄心
閃電和花朵形狀的
脫線和傷口

習慣對我的左心房說話
吃我的斑點

像雪天傍晚一起烤奶油圓餅
啜飲黑色小河般的淚

流不出的，隔層紗簾
吸吮冬晨的乳房，回到初生

我漸漸堅挺而他縮小
天亮前一起諦聽遠方的船桅
他縮小，躺我掌心
滿足地咀嚼他所嘗過最芳香的草

同性愛，光

蜷睡在妳的肺臟
比羽毛巢穴還溫暖的位置
距離與距離間僅止
一絲光暈能穿越間隙

或許我們原是同一雙卵子
同形狀鮮花骨盆
同等柔嫩十指
握起來比性器、比石室中
窒礙的生產更緊密
甜蜜雙人墳是我們的教堂

白鳥啣來婚戒
飛過荒煙

見證我們之於彼此
私密，磅礴
纏綿如哽咽
泥濘的光中，一路
榮耀孵化
我們畸零的奮戰與愛

只堅持一種性別
一種忠貞
原始的光中
為彼此婉轉梳辮和唱歌

她認領匕首

他曾遇刺的匕首
已被她珍藏
悲憫他的血流經古舊教室
石化不再發瘦的肩胛

流經筆直的迴廊
沒有一個止渴的水窪
如果已經命定
寧可迷戀全景監視器

現在他驕傲地監看
孩子們倒下

他像神，全知俯瞰
同樣喜歡自己臉是髒的

他們青春的血泊
湧出時是冬日初誕生的黑天使
邪惡，卻柔弱
不能洗滌他，但能歧出
另一條起絮的灰藍甬道
通往她，有河岸
和水鳥的
沙質夢境，有河，像淚

他撥開了毛邊
他滲出了眼淚

她撿起沒有人認領的匕首
認領他們的唾沫

他與她並肩漫步堤岸
像熟朋友，相視而笑
她的笑渦，一小圈
一小圈，擴散
他要，趁螢火蟲最美而將亡
問她為什麼敢
接近他，不怕被排擠

註：寫於看完《大逃殺》電影版多年後，記北野教師和典子的夢。

白夜貶眼

等到我們身心
只剩21克
你埋首在我的頭髮裡
洋溢天河的聽覺
如果能夠，還想要留下詠歎
繼續捍衛我們的孤獨

你知道，絕對的孤獨必須
聯彈才能完成
你沾取晚鐘裡的鏽末
摸著黑，尋我頸窩

固執地畫圓。下方是鎖骨
剩餘甜分終將填補上弦月陰影

譬如我們沿途袒露過的
比死亡堅強
奇蹟的線頭，就埋在你
每一遭欲振乏力的懸腕
白夜指紋
傷過又癒合的每一道割口

這夜，蓋過名字的墓草深處
螢蟲眨過三次眼
致予受過的辜負
失而復得的，偈語，關於熱
我掉落一根睫毛

一滴淚，給所有流離失所者
屈指般的菸蒂，依稀還有火燼

再次決定

沿著形狀美好的乳房散步
遇見一顆桑青色圓痣
沒有問候
是最純粹的邂逅
像沈默地點燃全世界最小
最無辜的秋日煙火

我想此刻點燃的是犯規的寂寞
舊風衣敞開半弧形
低調地掩護，可是與風
之間註定的對峙呢

我想此生註定性要抵抗下去了
一場場卑微的革命
全都往內部去纏結

縱火的輕
飛入纖維的骨
危脆而堅硬如亡靈肋骨的弦
毛細孔注滿真空
竟然渴念了起來

解放文法

淋著字雨的時候
你是我
邊陲的語境

你是捏塑不勻的窯鈴
孩氣的狀聲
佯裝不經心地
沿著旋梯
唐突地進入我箱型的
紙糊的夢

粗魯地糾正我流水指法
太規矩的甜美觸技
一寸戒規
一枚錯位接吻
節節擊點
枝節又是雨

我正解放
你正掩護
隨紙箱的潮溼
旁若無人地成功作弊

一個人的入夜儀式

挑眉刀
刨去指甲五點鐘角度
的肉刺，很軟，想起玫瑰
太晚了。我挨近
祕而不宣的螞蟻聚落

檢視唯有紙片在風速下
才能割裂的
珍愛的傷口
下廚，稀釋蛋蜜汁
卻添加更多補血用的紅糖
用針孔，注入蟻洞

權充一份
聊以自虐的文獻

繳交後
獨自負疚
按開一盞維多利亞黃壁燈

神的孩子夜晚漫步

神的孩子赤身走過
夜的春園和廢墟
眼睛有花瓣
手背是苔蘚腳心是礫石
夜到最深，紅石榴迸出
野漿像黑礦林，一疋
絲綢在樹椏

懸空的手臂如果作畫
只擰出一滴
血，淌下畫布
他曾頑強抵抗而終究

慵懶的意志，斑駁的天空
只守望一座最小的城

神的孩子渾身泥濘
分布不均
不喜不矜，卻令黑天使
轉身時留下
一滴藏青色的眼淚
像雪地裡溫熱的脈博

溫暖的潮溼的
春園和廢墟
光合吐納的複葉植株始終
嚮往炊火，敞著纖毛的葉面
想像走著慢拍的調子
溢出酒釀味

神的孩子白日嗜睡，夜晚漫步
矛盾地，一再弄髒自己
吐出薄荷煙圈
期待拯救，卻自體發光
嚮往絨羽落盡後，還能
乾枯地，彼此擁抱

孔雀凝望的夜

孔雀藍眼神滲入古老的絮語
遙遠港灣傳來一絲
安魂的歌聲
你屏息，斂翼

夜間小屋適合微型革命
只要風的序曲少一拍間歇音
簷瓦就成為愛斯基摩人的雪塊
充滿感情地離開頂端
烤融
溫暖懸浮的微塵
像琉璃進入眼神

微小而堅定。你說，要有光
於是斟入海洋的氧氣

懂得

你用一根細絃
承接所有哀傷
再把自己
全身沉浸在一滴
靈魂般巨大的淺藍色眼淚裡
隔著玻璃，看我

純真

豢養在樓閣裡的
一滴嬰兒藍
悄悄滲入天空的眼睛
城邦從此懂得微小的信仰

你是天使羽毛
無法分析顏色
卻因此
輕易撼搖整座語言的光廈

空杯

食指流出琤琮音符
繞過杯緣，在空氣中
彈奏波紋
像情人離開之後
遺留星芒下的樹叢與昏眩

沒有琥珀酒汁
沒有露水
現在開始，什麼也不盛裝
杯底一層瀝乾的糖霜
自此甜而不膩

浮念

我在雨前
忍住自己
那樣的輕而已
霧氣漫漶寫字的小閣
每個方位都有你流浪的名字

在枕邊

意識還在錯覺
溫婉的途經
枕榻上，你側影如流砂
等一片雪落入肩胛

給我未經任何修飾的惺忪
牛奶薄膜般抒情
夢的礦脈微亮
封鎖線下
對坐的火車時空還沒有
還沒抵達黎明的藍
容許放逐，微顛躓

而親密。你背著我回望滄桑之前
潦草的星圖
與昏眩
瞬間握住年幼孱弱
那些年，初藤，手臂上的雪
——或許蜿蜒只是幻視的雪

或許蜿蜒只是流光中的
謎題形狀，瞬間蒼老又
甦醒的河
在枕邊，童真走過天涯

醉月湖

月光勾引將發生的故事
一絲顫音勾引樹翳的吐息
催發調酒式
慵情的欲望
朝小巧的階橋各色傾倒
粉彩或蜂蜜

星魂游移
吹奏挑逗遊魂的組曲
水亭也循此暈搖
漣漪試圖以不存在的箏音
魔幻老靈魂感傷

吞吐青春的宿疾
夜闇中你什麼都不是
也什麼都是
終究被吐出
還原，泛光

一枚溶化的甜蜜星屑
躺在湖畔溼潤地呼吸
朝這裡來吧
挽留曾經眩惑的瞬間共生溫度
只需親吻般踮足

致世界

讓槍葬送玫瑰
光釋放囚徒
砲口對準胸口
天空默可受傷

讓世界的傾斜依然運行
總有人耽愛如亡國之君

讓我不放手。

輯三
溫柔的病史

寫一部眼淚史

最寒冷而親愛的日子
想為眼淚開一張連續處方箋
寫一部歷史
診療單上的字密織成流蘇

她甜屈奇味的眼淚
他血管中的一滴紅酒

她枯褐的頭髮記得牛角梳
記得土耳其玉般的靜電
卑微的火柴
唯獨不記得他持梳的手勢

下雪時總是目盲
目盲時她身邊只有書

記得月亮從骨盤升起
那傾斜，那速度
他睡著，在百合中央
百合從黑貓瞳中冰涼地綻放

那刻鐘，她用長繭的指節
攤平一座紙城堡
就從那刻起開始失語吧
也許必須寫完眼淚史
才能想起
他把柑橘皮埋入火爐的味道

他們將共同，衷心地
愛上一個字薄脆可口的鑲邊
每當受到感動，就會
溢出來可可融漿
輪流攪勻一杯冷卻的咖啡
奮不顧身的，桃心狀奶精漩渦

那刻起，她從疾病中
長出翅膀
輕巧地折疊午夜藍的屋頂
到他夢中幸福地咳嗽

溫柔的病史

天光中一束搖曳的菖蒲
傾訴欲望緩緩旋落
你握住，像數我手心上
停格的細雪
飄零至你溫熱的胸口
化了就成為歌

記得我的原始
眼中的小燈，白色的玲瓏的闌珊
暖調的倦意，亞麻黃的落索
再沒有更熱切的臨摹
你卸下魔術手指

留下純粹的唇語和專注
晨花般的字，延臂彎弧度
蜿蜒到夕落、
枕榻上的古典日月

無言可能更為熱忱
並且忠貞
然而我們必須秉持夕拾朝花的孤意
像青絲袍上滑逝的光
註定性無能而
一往挹注
不為見證、挽留或象徵
只是呢喃：
史前，更輝煌的美與意志
我們擁有更真實的故事，是真的

你卸下魔術手指
你甘願放棄治癒戀人的能力
陪我，穿上溫柔的
棉絮白拖鞋，斜臥簷前
臥成像吻的
傾倒的字句
安靜捧一杯玄米茶
一起看雪，成為雪

幸福傷風

三月像嬰兒的笑聲善於吸收
體內灰濛的雨
好嗎暫擱那本探討崩壞的小說
關於活下去怎麼愛

從未如此專注需索彼此眉心
那蘊蓄經年的飽滿想望
上升的水位，熟成的光
還沒有言說
就要溢出了
總以為有筆就能隨地摘錄

但這一刻，溫婉的流經
來不及伸手盛接

活下去怎麼愛
這樣命題彷彿過長的感冒
如我在拖沓的季節傷風
曚曨思考天空變幻取向
有時剪成薄翼狀以易於收藏
上面記錄：
喝薑茶，少吃藥，拒絕風

我們偏愛絨毛、細軟的砂
信仰來自天空的諦視
日光篩下羽片，飛過眼睛
瘦澀看不真切
像一行錯落有致的外套鈕扣

手溫摩挲過，掌紋細流般
滋養出一筆微傾斜
呈現傾訴角度的，親愛造句

恩慈歲月

白晝的光依然宛轉
始終我在這裡
眼睛含著羽毛，看不真切
為一枚梨的飽滿動容

背對霧色薄涼的反光
依稀要溢出來了
從卑微的裂口，不完美的愛
滲出生活微甜的切片
種種不夠堅決，卻像
山坡上的教堂安謐而且恩慈
包括後悔。這刻鐘悠長而帶頓挫的顫音

遲疑的昨日
拖沓的傷風
窗前書頁窸窣得像靈魂倒行

是的我們靈魂米黃色，薄脆
始終不夠健壯
擱在原木餐桌上沈默地
隨視線的水分而維持活度
因為心窩
鮮甜的負疚
重來的可能漣漪狀發亮

只是不斷被寬恕而已。臂彎暈搖
不知不覺也生出軟翅
時鐘慢下來，停下來，倒回

倒數針擺的鏽漆可能是
包容的痕跡

十字架上的思念

1

「把手探進我的傷痕
你會認出我是誰」

伸出窟窿的手心
始終祂靜謐微笑
眼神溫柔如我們鮮少仰面
深刻端詳的天空
這天空，藍得是有些破碎了

朝這裡來吧，水裡十架倒影
我們不敢分神
唯恐發現即將懸空卻
寧死不願後退

——Dear 這裡是光
每向前一步
你曝現的暗影會更深

2

把手探進同一道傷痕
找到彼此的手
握緊。那年我們經常夢見天使
醒來發現依然相愛
長途打盹的那一路車廂
體熱也曾認養出花苞

窗燈在玻璃上，按捺的食指流動
呵一口霧，小指打勾：
好嗎永不為殉道而殉道

好嗎只注視那窟窿
那裡只滲溫暖的血
Dear，你負傷的姿態像蟲
知道自己已成一臺
敗落的劇碼
天使和眾人都在觀看

水裡十架倒影過於甜美
聖潔的光又太白刺
而我不再
不再為你矇眼篝火

芒背上的古鈍十架是罪與黑我已釘死罪中
然而枯竭
不過是我

3

如果你看見的是我為你升起的篝火
那麼我便為殉道而殉道了
焰苗漸微
你將失望於一切都是虛妄
分不清是奧祕抑或弔詭
並且：「以上純屬虛構」

4

終於我們看見的
不再只是彼此升起的篝火

背過身，悄悄回望
步履依然跌撞
我們的灰燼沒有光圈
無可矜誇
我將繼續懷疑，不時聽見
祂說，朝這裡來吧

我已衰竭，你已轉身
我們終於如願
背負起
同一個十字架

笑容在軟弱者臉上
是夢中遇見天使
輕喚，以馬內利

你轉身離去——
親愛的，終於我看見虹霓

註：本詩改寫自獲雙溪文學獎的同名散文少作，散文收錄於《倒數年代》（文史哲出版）。

傷寒的日常儀式

毛襪輕踏冬末的瓷磚
俏皮水滴
延螺貝耳廓
滑曳一種
再日常不過的兌現

傷寒的清晨，小規模進行
溫柔尊嚴的儀式
揩抹盥洗鏡緣甜蜜的瘀青
注視自己像是
正愛著什麼

唱歌（咳嗽音）
約定（Hi 我們活著）

暖暖包不需恆溫
詩不必炫技
如果可以，還是盡可能
做個溫柔的人
節制，而慷慨
只要適時
取下起鏽的戒環
啄吻
卑屈的指節
一下，十下，都沒有關係

極簡風華麗

赤貧的日子
無事可做
便把冬天的隱喻與風格
裁成一枝煙花

大衣是盛宴
枕被是流沙
毛呢是給自己寫封信
到你胸口的礫原去流放
待會我要

躺在那樣的刺灼中
徹夜看星星

簡約而渴望

隱約像夜晚窗外走過白馬
或隨手擱置的畫冊
我們偎守在天空之外的木屋
恬適得不合時宜

眼中的小燈
容許用緩慢的手勢，游移
之後撚熄
有時拘謹，簡約地眷念
粉塵般的寒暄
晨光之下
紛紛的閱讀而無一冊書

體內的小星球
被不成體系的字句私密豢養
在那些滑過落雨的瓣膜
睜開眼
就能看見你親切的坐姿

朝向曾經流離的方位
一切如常
卻突然乾涸得
每個毛細孔都渴望河流

容在月下

你的初醒浮升一座港灣
冉冉升過我髮絲掩映，隔夜
未落的弦月
復又低下，一點點
鎖骨間迴流的綿密溫差

猶如我們珠貝瑣碎的爭執
或許也只為再度和好
悄聲不語然而
眼神彼此勾畫
之間，流霞滲入肌膚
唉我氤氳的體質，如何玲瓏生風

如何你晨曦般的意志
就在臂彎形成我懵懂的海

就在睡眠軟而凹陷的無風帶
只因一個，就此
就此低下身的決意
燈火低了
星塵般的絮語也低了

那些倔強未吐的你都懂得
你懂得，它們就像
眉額上的日月
延亙著海，那裡，海
旋落一片乳香的羽毛
你在身邊熟睡
我四畔的港灣正在成形

夢中療癒

裸睡在你心口微微起風處
濃稠地呼吸
一寸，隱約凹陷的泛光
反折自忍住哭泣時遺落的星屑
夢見史前，小恐龍和幼鯨擁抱
下雨了我們牽手奔跑
回到溫暖的巢穴，擦亮火柴
眼淚凝成甜斑

夢中禱告

一寸祈禱，一片雨絲
滲入天空微藍的眼睛
只在無人橋墩淌落小小的清圓
那麼飽滿，像愛

你已徹夜為我看守夢中的禱告
唉，如何傾軋的
隆冬的夢呢
有時欲望是淺眠的種子
有時候雨雪霏霏
滴入你無盡輪旋的耳廓

每一瞬小小的死滴下乳香和沒藥
你接住，手心長出香草

我是失眠的羊，畏黑，你是
比永夜更堅強的牧人
無論波浪般的睡
如何顛簸，星芒如何無辜
你又為我看守一段月下的赤腳旅行

臨睡時你栽植的薄荷白草坪
已經從床頭
走到盥洗的浴室天窗下
每個清晨，你衣襟滴下奶與蜜
吟歌放牧
消逝前的春雨像永恆灑在臉上

夢中煨火

暗夜，絮語沿呼吸頻率
落下又升起
像漆黑綢幕
雪和眼睛明滅不定

我們熱愛彼此顏色暗沉
可是溫暖的宿疾
揣想那年體溫曾經烘熱
一顆半透明的星
瞬息滑落
腰線的柔弧
不說話，煨火對看

柴薪繼續堆砌
體內小蛇思念般乾渴

沒有一點關於疼痛的感知
沒有擦撞印象
沒有夢過告別

耳語迴旋

只不過多了幾縷雨霧
朝北的軒窗就成為
私密的仰望
去年耽溺於一行
不意之間，好幾處詩情曲折的
長句像黑夜如此靜謐
而彼方，守望者暗中眨眼

早於微血管的易感纖細
夜黯以前，只消
夕光睡成流年一瞬的琉璃

輕微碰撞，像低下身
就有了我們沿途軟雨般的吟唱

不管死生契闊或夢中囈語
白鳥般的心跳溫熱
愛的遺言是耳語無盡迴旋
你丟失的歌
彷彿用蜜水燉開
漾開，化了又生

早安，呼吸

早安，我的南窗
你知道你掩映的每顆星點
都曾經乾涸，都儲存
睡在光年中的夢境
屢屢沉落都只為揚睫的輕

你說寂涼，每個清晨
枕畔遺落一小簇穀雨般呼吸
城樓的守望者是你夢過
綾紋下，瑩白足踝和寸土間
窄窄的低音和靠近
暗香侷促、不由分說

哎我的步履反覆摩蹭，流風消長
踮起來像親吻

你知道，我們還沒到達太陽
橘紅色呼吸的末日騷動
不會丟失溫柔
黑夜不會失明

呵氣也是溫暖的

許是夢見世紀末的太陽
你眉心有晨靄
冉冉升起羽光旋落的廢墟
露溼的濃睫
泛漾一圈溫暖的橘黃

一如你總在清晨決意挹注
手指蕩漾的力氣
掀起帷簾
探測日子和五色鳥偶然的關聯
簾浪卻是隔夜間
月暈躊躇的碎步

連綴幾顆小星球初涼而
都在掩映，不知道
是誰舉眉，誰又沉寂地隕落

就在些微的溫差之間
你不經意的神情流轉之間
我把曉寒呵暖，寫進去
香影寫進去

我們的絕望摩擦生熱

當單人床榻睡成河流
耳朵被祈禱
我們的絕望終於短促、微小而
比星空更輝煌的交疊
摩擦生熱

因為有人一起虔信
我們的絕望早於微血管的
易感、纖細，廢棄的微醺路徑
叩問和臨近
都傾向純粹的唇語

此刻，欲眠未休
末梢的危顫節奏是搖曳
搖曳是低溫，髮梢是雪
七十種舞踊姿態
隨叩問而降調而方興未艾
白皙的手指與黑影
之間，被光淋溼的夜船
軟軟地折疊

而指尖，纖細的風雨
像唇語一樣
欲言又止
懸念託給夏天的C大調
最後一起下雪

再死一次之前，夢見

醒來，盆地依然絮叨
林鳥沿途啄食麵包屑、
謊言，記號，迷彩的夢
眼神曖昧裝不下情緒
「這城市令我病。」

如何我病著隱喻數著幻覺
用筆電的男人和沉思的少女為何
那麼自信下巴那麼高傲
我之慎微為何任問號撞毀船桅
練習死亡，練習告別
依然學不會愛得更加文明

如果再死一次之前夢見
沿機翼散步的家人
無預警墜毀
醒來他們依然瑣碎地寒暄
無特殊句讀而更像，夢。

惟獨我們的童騃走過天涯
滿臉淚水會溫暖如初
如果可以挽留一道徒勞的手勢
能不能，容許我手無寸鐵
回到他們嚮慕卻憂懼的城鄉？

練習傾斜的弧度如此優揚
不在意死過瞬間的良善
寬容我再病一次

浮懸微塵和模糊歧義的光裡
淡漠的行道樹影有熾熱的愛

接住我的原始

從未有一次，朝你
冀求呵氣的手心涼得像水草
單薄的垂曳在你肋骨
滑過小星球

親愛的你，於是
接住我在他方的落寞
含蓄的愛比城邦巨大
容許哀傷與向自己致敬
如我想起
從未有一次

你未曾接住我的原始
我受創的純真和曲折的慾望

或許只因，有迴音
包容駁雜而並不默許傾敗
你用耳語的輕和縱深
踏響我剝落的
胸臆中的雨

而像箜篌銜住光陰
只是一襲禱告
那樣的光絲

她的採訪日

採訪之前必須睡很飽
壓花厚窗簾關緊日光、過季風
她淡妝，香菇頭，穿羽絨外套
起毛絮的貼身鐵灰毛褲
她的寒愴是病弱的身體美學

每天，許多隱形的羽毛
旋落一座女體廢墟
盛世不過如此
她搭公車去採訪舊書店
昂著下巴的高貴女主人
穿有品裙的曳地裙

想起自己
良莠不齊的美學花園

繞過小公園，灰兔一溜煙不見
慢吞吞跟了幾條街
黃昏時回家
該發生更多事的
黃昏，例如神祕的寶石和翅膀
海風，遙遠地咬耳朵，抑或
童話裡被縫補的黑影子

她也將被縫補
抑或正被縫補
疲倦而勇敢地挺向針砭
疲倦，可是，沒有迴避

女兒小日子

她的笑渦是三線琴上的梨花
浮淺在深冬的
湖水綠沙發
偶爾玩毛線球像貓
笑聲像牛奶，一滴
又一滴。。。。。。

我用滋潤的白色耳朵數日子
希望撥彈的手指靜止
可是她
握著春天

小願望

沒有時間了
關於一起慢慢變髒的童話
如果你懂，請就我的手
飲下這杯苦心孤詣的熱可可
讓我的甜分
在你的血液中代謝

「希望是小跑步那樣暖和的效率」
惟一我想許的願

小小孩

唯獨夜間，長出憂鬱聖潔的藤蔓
我又臨近年幼孱弱
夢中極光與欲眠未休的
純真與無能

褪去過於優雅的疲憊
露出一截
純白色慾望，以無邪
繁殖無邪
初衷般軟弱卻發亮地伸出
孩子似渾圓手臂

初衷般軟弱卻發亮：
等我，小小孩
悠緩的逆時鐘擺在你胸廓的枝椏
半開細苞
好嗎寬容自己
像我們總拌嘴又輕易和解

烤童話

倒數時分
我們長出孩子的渾圓手臂與初藤
攀爬到城堡尖端
烤食童話

用白蘭地酒汁，琥珀眼神
交換玫瑰和小麥
包括灑一點就能飛行的
精靈磷粉
也在炭堆裡嗶啵
融入炊煙，氣味原來很好

於是我們甘願回到
沒有狐仙的閣樓
鬧鈴響前，再假寐片刻

隱約

六月的午後琴聲
介於甜琉璃和玉階之間
輕微的斑爛
只有在很安靜，很安靜的時候
折射出眼角霧藍
微笑著流淚一般的欲望

琴鍵還帶著撫痕，錯落有致
隱約有初歇時的雪色
猶見彈奏間，肩線
起伏曳動
像夕陽下懷念一雙遠去的素履

持續，同樣時間扮飾流霞的襯影
卻也不過，一個傍晚
偶發性遇見一次虹霓

初衷

如果只能挽留一道徒勞的手勢
虛擲後感傷
微涼的夜
微塵如絮語懸浮、流動

之後，握住良善的
死亡與再生
愛。一瞬之光

轉瞬間你穿越流沙
尋覓，收聚，覆蓋我散佚的書稿
手感像我珍視的每一絲

你悠長的鼻息
憨笑，濃縮生命的畫作
交換腹語和氧
貓步到心中凹陷處
無風帶，無伴奏，星子般唱歌

初衷般軟弱卻透亮：
約好珍惜自己，像瞳仁中
去年冬晨的呵霧
近乎信仰，愈傷逝也愈熱愛

虛擲後感傷，是初衷
回溫中微笑
終究頹唐的猶豫不如一首
抒情詩給你

早衰

1

惟獨夜間，軟弱纏困地攀出聖潔的藤蔓，我又臨近了年幼孱弱時欲眠未休的人性純潔與無能。

曠野不在乎有無人煙。

晚熟者，同時註定了早衰？宿慧者，早夭，惟獨凌遲的愛意，衰竭得很快，後繼無力。凌遲立場，不想著力或者是無能，追乘不上生命的痛疾，於是不在乎有沒有人打自身畔飄然而去。栽植了藤蔓，四顧無人夜渡而離。

認出了早衰的第一個現象，是沒有黑闇的子夜。軟弱者的笑容像天使。落敗者是女性英雄的形象。

夜如野曠。清晨，公車僻靜得像流星飛駛的聲音。要去的地方是外雙溪的學校。初來乍到的夢想會一直記得，輕忽放棄，卻不覺遺憾。只因成長並不屬於時間的探測／開拓了滯戀的夢境／夜如野曠。

清晨，公車載動落敗者。令人感到安慰。

孩子，妳的淚水好溫暖。

（知道妳還存活。）

早夭是豪情、早衰是繞心的柔情，早夭是宿慧、那麼早衰是什麼？

交出了期末報告。透過哀麗早衰的虛幻面孔，我認出妳是孩子。

2

倒步、倒步、倒步。白鳥驚惶撲翅。

曠野不在乎有無人煙。闔眸。諦聽。惟獨此刻，會有嫵媚的跫音，以那麼輕巧的速度，夜渡到清晨。日月淹兮。世紀末動盪詩情，由於天地封鎖，戰亂不安的浪漫僅出現於個體與個體之間牛馬不相關的依存夢境。生命情境淩遲壓縮，細雪在一夜之間砌落成夢土。夢土之下有火球，供我們取煖。

悠悠醒轉。捲簾。日月好整以暇地淹沒。

到了南方，記得撐油紙傘走路時要梳辮。

我們搭公車上外雙溪。

清晨，死了藤蔓。

——一九九九